POETRY

北岳诗库

孔令剑

— 主编 —

像虚词掉进大海

WANG ZHIYAN
WORKS

王志彦——著

山西出版传媒集团 北岳文艺出版社
BEIYUE LITERATURE & ART PUBLISHING HOUSE
·太原·

图书在版编目（CIP）数据

像虚词掉进大海 / 王志彦著 . —太原 : 北岳文艺出版社 , 2018.3
（北岳诗库 / 孔令剑主编）
ISBN 978-7-5378-5543-3

Ⅰ. ①像… Ⅱ. ①王… Ⅲ. ①诗集—中国—当代
Ⅳ. ① I227

中国版本图书馆 CIP 数据核字（2018）第 003516 号

书　　名：像虚词掉进大海
著　　者：王志彦
责任编辑：吴国蓉
装帧设计：张永文
印装监制：巩　璠

出版发行：山西出版传媒集团・北岳文艺出版社
地　　址：山西省太原市并州南路 57 号
邮　　编：030012
电　　话：0351-5628696（发行部）
　　　　　0351-5628688（总编室）
　　　　　0351-5628692（综合项目部）
传　　真：0351-5628680
网　　址：http://www.bywy.com
E - mail：bywycbs@163.com
经 销 商：新华书店
印刷装订：山西万佳印业有限公司

开　　本：890mm×1240mm　　1/32
字　　数：160 千字
印　　张：8
版　　次：2018 年 3 月第 1 版
印　　次：2021年 1 月山西第 2 次印刷
书　　号：ISBN 978-7-5378-5543-3
定　　价：42.00 元

策划人语

“诗歌出版”是北岳文艺出版社的重要传统。前有“黑皮诗丛”，后有“天星诗库”，皆为中国当代诗歌杰出诗人之重要出发地。更有“外国名诗珍藏”，如今依然为广大诗歌爱好者所珍赏。

“北岳诗库”赓续如此光荣传统，其目光聚焦山西诗歌这一繁盛沃土，其旨在于不间断展示山西诗歌创作实绩，更瞩望为山西诗人造一清静小园。

“北岳诗库”，是我们探求共建共享出版模式的开端。大风吹宇宙，红日照高山。祈愿“北岳诗库”，如恒山一般，巍然耸立。

续小强

2018 年 2 月 2 日

把墓碑建造在脆弱的汉字中

——读王志彦《像虚词掉进大海》

（代序）

◎马启代

我知道自己对于诗越来越有所偏好，尽管理智一再提醒我必须具备足够的包容。这就决定了我越来越不愿对他人谈诗。诗是用来让人感悟的，能体味诗篇之幽邃方为够格的读者，当下这样的读者并不多，甚至小于我们所能知道的作者的数量。在我自己不断打倒、否定、修正自己的过程中，我眼里不确定的东西太多，又怎么好意思言之凿凿地对别人说三道四？我坚信，在艺术领域和高级思维里，没有永恒的真理。

读过王志彦的诗，感到里面有太多的雷鸣闪电和人生隐痛，多年的历练成就了他个性的诗美追求。毫不隐讳地说，我喜欢这样的写作和这样的作品。如果我们像古代的文人一样能盘腿而坐，把酒畅谈，无论外面是风雨飘摇还是寒江大雪，也许我当面与他交流会更直接更透彻。我可以毫无顾忌、恣意任性地把我现场的阅读体验告诉他，不用考虑条理和措辞，哪怕那些随口说出的话不无谬误，但争论也许瞬间让我们的灵魂更多地发生共振。我确信，有温度、带着呼吸的话语比生硬的书面文字要生动、鲜活、富有文采得多。因此，现在的情形是，我越来越喜欢“诗话式”的交流，从某种意义上讲，这是我追求新汉诗的繁复之美和理论批评诗意化的缘故。写作让我们每个人几乎都要选择一种自己灵魂说话的方式。

总的看，这些以《像虚词掉进大海》为总标题的短诗，无论形制还是气息，都很像我高墙内的情绪，所以我认为王志彦是一位有着“囚徒精神原型”特质的诗人。这也许是他在出版这本书前找我说上几句的一个重要原因。我称这样的文本既是“审判书”，也是“赞美诗”，因此是“黄金书”——是精神和灵魂的黄金书写。故这样的写作是有锋芒的写作。整体上看来，它更像一部长诗，一部承载了深厚精神蕴含的鸿篇巨制，尽管我们可以分开来欣赏那无数闪光的碎片。

是的，科学关乎向外的事，诗却关乎向内的事，它与人类的良知和灵魂息息相关，并由天人感应通达无限的神界。所以我对当代那些能在有限的文字中显露出宗教情怀的诗人特别关注。没有经历俗世沉浮的人很难真正体验到大地众生的苦难和灵魂纠结，而不能正视和超越苦难的写作是没有意义的。《像虚词掉进大海》中那些凝聚着痛苦经验的诗句之所以能打动我，和我的心灵发生共鸣，关键在于诗人真诚的态度和自身的生活经历，当然这离不开个人的禀赋和诗艺的表现能力。如：“白刀子藏于白骨，海水死于火焰”（《这个秋天，乌鸦的声明太旧了》），“就有问道的石头，堵住雪花里的水声，就有 / 大片的时光 / 倒塌”（《冬至，或抄录错误的雪花》），“大雪体内的墨汁没有叫出声来，冰凉的夜晚/仍有单纯的月色浇灌”（《大雪过后，我没有看到先知们的预言》）等等，不胜枚举。他在火焰中打开了时空的栅栏，高举着自己精神暗夜里的灯盏，他将自然物象、心象以及超验的灵象在尘埃、阳光和人类经验里熬煮、擦洗后用语言捏成意象，并注入生命的脉搏，逐渐建构成一个生机勃勃的艺术景观。

假如像一些青年艺术理论家所说“死亡意识”和“性”是当代艺术必须面对的两个问题，那么“孤独”便成为弥漫在王志彦诗行里的一个积极的精神能量场，它也许正好来自于“死亡意识”和“潜意识”的作用，因为我个人对没有“死亡意识”和“潜意识”特质的作家一向保持着谨慎。在我认为，它们正是现代人类经验的重要组成部分。当“孤独”深化为王志彦的精神特质时，被诗意照亮的那片内在宇宙便浩荡着幻化天地万物的力量，由此诗人才可能与自我、神灵和万物深度对话。你看，熔铸在他诗行中的那寂静与喧哗相互对峙、交合的张力，那入尘与出尘的精神痛苦以及“江山般”的寂寞，无不散发着“孤独”的味道。阅读他的作品，发现他的笔下既有浓厚的古典意绪——这一点可能来自血脉传承和地域文化的特有印迹，能给人明显的“中国画式”的视觉印象和美学意蕴，又有着西方宗教的浓烈气息——有时你会发现他的有些作品颇似“现代大写意”，有着感物伤时的情怀，更有“逃离”世界“过程”中的“惊慌失措”，这甚至被我认定为是他诗歌创作的精神原点和主要精神色泽。是的，王志彦的生存本身与这个世界就充满着张力。作为诗人，他要一面走进自己的内宇宙，一面对词语进行开掘。他无数次状写出了自己的惊恐、惊怵、惊惧、惊慌、惊惶，这看似他是一个“受伤害的人”，但他决绝的精神气质表现在他的诗行中却是那种纠缠如魔鬼似的欲罢不能。这样，一方面他的诗具有“神性”体验的质素，一方面又不乏思辨性和智性，这就形成了“王者之气”和“巫师风度”兼而有之的特征。表现在语式上，就容易形成以“那”字开头的句式，从而在节奏、语感上表现为沉郁为主、内敛深邃的美学特征。如他的《我放弃的时光清澈见底》：“时光越来越黯，怠倦的诗经斜挂在 / 一座老钟的内心，虚无弥漫于肥大的江河 // 我错失了与上帝握手言和的机会 / 我把原罪种满庭院，我让它们接受时光的审判 // 万物生而有度，真理只是一张画皮 / 缺席者已窥视了事物之中的败絮 // 就像一百年后，灵魂无处隐身 / 究其原因，我放弃的时光清澈见底”。再如《愧对春天》：“我一直隐藏在自己的后面，等待人群 / 脱离险境，绕过最后一个路口，抵达故乡 // 我一直站在山顶，劝诫内心卫冕的王 / 置于孤峰，逼退虚狂的刀斧，以免血洗残阳 // 我一直愧对春天，桃花开怀，红杏越墙 / 命运给过我黄金，我却没有兑付成陌上花开”……他的诗既有对汉语诗学传统的继承，更有对现代派的吸纳，注重对自身的审验，包括审丑，还注重构思。毫不夸张地说，王志彦是那种具备“发现”和“命名”能力的诗人，他的书写具有“展示”和“指认”的力量。

一个优秀的诗人，其文本和写作行为共同构成与这个时代的关系，形成他思想、艺术与生存的独特经验，且上升到哲学、美学和社会学的层面，借此方可凸显出自己存在的意义。王志彦是一个有着文体自觉和精神方向的诗人，他所有的努力正是他自我蜕变的过程，他呈献给我们的艺术世界正趋向着这样的高度。当然，王志彦的作品也有一些瑕疵，如明显的修炼痕迹，说明他正走在成熟的路上，偶有技巧空转的情况，也有些虚妄之词掺杂里面，且有戾气外溢之嫌。但他的创作整体上不但值得肯定而且应当推广。

在一篇谈论当代先锋艺术的文章中我曾说过，我喜欢决绝的诗人，没有极限体验的美学冒险只能属于大众的艺术。事实上，我们俗常称之为大众艺术的品种往往都是娱乐化和实用性的。在我看来，这与我所理解的“大众性”背道而驰，与诗的本质属性更不接近。尽管我的倡导和欣赏趣味在多数人看来同样是冒险的，但抛开时间的限制，我们所拥有的时间、空间和读者很可能大大超出我们的想象。因为我们更相信时间，也更相信自己。应当说，王志彦就是一位对此有高度认同感的诗人。

源于对文字与生俱来的敬畏，加上为一位从未谋面的同代人作序，我应承之后，竟有些悔意。故一拖再拖，直到今日。除了为生存奔波忙碌和自己的写作之外，我忐忑于这部诗集是否需要一些多余的文字。我要感谢它陪我周游了大半个中国，我陆续在火车和飞机上读完了这些作品。刹那打开的诗意和倏然到来的辉光让我孤独的旅程变得充实。也许真实而美妙的感觉无须过多地饶舌，人们只有在进入深层阅读体验的时候才能获得那神秘的战栗。——这里既有审美的愉悦，也有理趣的快乐，甚至有灵魂被提升的大感动。

对于要把墓碑建造在脆弱的汉字中的人，他自己知道如何向下走！

2014 年 10 月 17 日于明夷斋

目录

第一辑　悲悯如药

第二辑　白雪似墨

第三辑　花开有情

第四辑　落叶还乡

第五辑　诗外观涛

第一辑　悲悯如药

悲声

雨水没有了退路。无坚不摧的
阳光和大风都已转场，灵魂之佛
大放悲声，每一寸泥土都在翻身坐起
寻找自己的圣坛，它们痛哭流涕
倒出内心的灰烬，仿佛一个人灰暗的
命运，奔跑中看到了命数的排列
秩序的按钮却悬在空中。已经多余的
鸟鸣渐渐失去了底气，事实上
我们有时候就是把自己
废弃在空洞的鸣叫中

2016-5-27

我经常用一些词语敲打自己的骨头

譬如，我去唐朝，从来不带明月
金樽暗淡，灵魂在一纸惺忪的词语间独饮

就有飞燕指点落日，晚霞拦住船头
一截肉身在宿命之河沉浮

“谁把世界安放在虚妄之间？”
我从滂沱的花香中，读出烟雨之外的千年暮色

因此，我经常用一些词语敲打自己的骨头
提醒钙化的思想，一滴水照样眷恋前世的清风

2013-9-6

孤独

秋风染病后，有许多事物
无疾而终。心怀明月的人还在路上
面对江山和尊严，伤口依旧被刀斧挟持

枝干晦涩，命运只有自省
许多秩序都在推倒重来，有限的氧气
养活着无形的椎骨

时辰到了，我为这些朽枯的尘埃送行
一枚落叶的眼神，让我看到
这个世界，没有完整的孤独

2015-7-29

重量

我一生都在计算着四季的重量
风在虚无中的强大，雨在花香中的滂沱
以及一枚叶子从风华到雪月，再到在浮世中悄然消失

“时间是老辣的对手”。生命之重
被时光的砝码一点点减去，就像体内的积水
始终无法打开河流的闸门

一切重量，都有着清秋般的命运！

2013-7-10

这个秋天，乌鸦的声明太旧了

白刀子藏于白骨，海水死于火焰
在秋风的禅指下，万物低弧度中消失

就像缓慢的缝隙，在暗中剥开种子的来生
让光颓败于一枚叶子不多的行程中

这个秋天，乌鸦的声明太旧了
石头内部的硬伤，一直是月光苍白的根源

就像它庄重的旗袍，有着
不可覆盖的阴暗，仿佛它的本身

2013-10-19

麻雀的浮躁

我眼看着深秋的骨骼就要坍塌
直到有风吹来，弯下腰的庄稼脱去最后一件衣服

而我的悲悯从现在开始，沿着父亲的汗水
往炉火里吹。折断翅膀也无法回到大地

那些乱石一样的麻雀，和秋风一起
陷进黄昏病入膏肓的胃里

就像一棵老树，在明月的慰藉中
说出麻雀的浮躁和祖国临近冬天的心病

2013-10-3

肥美，大地坐拥一切腐朽

谁要乘着诗歌的善良，在词语的油漆味中
缩短与生活的距离。乃至制造渗透光芒的虚无

万物肥美，被时间抽空的倒影，身负命运的美丑
一切崇高，只是夜间的萤火，对着冰冷的月光示威

那就开始吧！大地坐拥一切腐朽
为了苟同，我把石碑安放在一堆乱骨之中

2013-12-22

秋水疾

在秋天消失的一棵树，有着顺从之骨
满山乱石，犹如满腹苍凉涌动
被颠覆的往往是声势浩大的人影

雨水给了河山无数马匹，也给了
深渊中的尘世一架梯子。危崖、青云
终有因循，一些人悲悯，愤世
永不见天日，另一些从废墟中传来的声音
相信遗失很久的事物，已被风
轻轻吹拂

2016-1-18

大风吹

一些事物，配得上大风吹
一些绝路，可以在灵魂里隐蔽

当大风抵达，划亮的火柴
呈现出火焰中的暮色，多么羞愧
像一个弄丢爱情的人，比一盏孤灯下的
歌厅更卑贱

一粒尘埃，有了弧度，也能在春天留下擦痕
一些节日，春晖散尽，终将摧毁内心的丰碑

2016-2-19

春风渡

光阴窄了，一些事物就会发光

譬如，阳台上抽烟的女人，挽起袖子
露出白皙的胳膊。一只鸽子，不小心
把一枚孵化的蛋从屋檐下摔到了地上
大地有了悲伤的回声

譬如，大窑庄单身的李二旦，推窗
把一枝蝴蝶兰递给了旷野中孤独的月光

春风原谅了多少残疾？包括睡梦中
我对一棵草的凌迟

2016-2-15

一枝春

当灰尘中有遗骸浮现，阴影就会
躲避在贫乏的躯体里，乌鸦般的内心
苟活着一堆朽木，年轮中积满了夜晚的惶恐

这是一个冬天的切面，在寒冷的空隙
仍有连绵的生机传承着生命的形体，像墙角
被忽略的一些草，从岁月的内部
省察到时光的浩大并无止息。而我们
在伤痛的闪电中，还有返乡的机会

2016-2-3

吹柳絮

春风中万物都在赶路，怀揣着
暴动的心，却流亡在肝脑涂地的诉求里
水继续出走，带着磨亮的斧头
风还在讨价还价，淹没了细长的鸟声
依旧披头散发的柳树，内心空旷
灵魂却与大地死死地板结在一起
从来不向飞过的乌鸦索取诗意

2016-2-5

有没有落叶为自己鼓掌

一夜秋风，拂袖而去。仿佛一个时代的钟声
走出自我的教堂，打坐在空无的狂想之上

季节丧失了心底的柔情，落叶沦为自己的囚徒
杯中的月光，已被情不自禁的人悄然舞动

无精打采的鸟在枝头闪过一个想法，有没有落叶
为自己鼓掌？在这行将就木的孤寂的颓废之中

2014-10-6

终结

人性中的洪水还是跑了出来
这一次，没有停在白云之上，而是
去了印度洋一个偏僻的关闭了生命之门的
噩梦中。生命的寓言，再无法呈现良知的丛林
小兽的温和与蓝天高深的画卷

大洋没有交出罪恶的证据，泪水和悲伤
也无法澄清一个春天的浑浊。2014，但愿
是个例外，马失前蹄会卸掉龌龊的肿瘤
诗歌到此为止，无辜的人啊
我无法终结对你们深深的挂念

2014-3-25

红尘之忧

红尘并非废墟。有草木温暖，江山敬畏
还有时间在每个人的体内建立的宗教般的秩序
生命是一次旅行，置身孤峰，更要面临
进退时的险境。仿佛混沌之初
上帝并未隐身，只是借万物之手，制造了原罪

我如此担忧，只是提前窥视到
一群黑暗的蚂蚁，只翻检一堆食之无味的白骨
并不在乎一颗滴血的灵魂

2014-4-26

我从未被鸟儿们的泪水温存过

我不是铁石心肠的人，为什么
从未被鸟儿们的泪水温存过

人心向背，混沌迷离。夜晚太深了
大风带走的，是四季体内喑哑的忧郁

就像清歌一曲，落入泥土
一瓣雪花遮蔽了所有的出路

而天空下，那么多的鸟，打开了自己
那么多鸟儿们的泪水，却藏进了单薄的羽毛

2014-2-9

明月引

明月近日暮，置身孤绝之上的寄托
怎能把长风的叹息声从苍茫中赎出
家国并不平衡，在岁月连绵不断的阴影中
一袭桂影，几多苦颜。蹲在积雪里的故乡
多像火焰回归到夜晚。而明月和尘土
一个手捧酒杯
一个挥舞着刀斧

2016-2-4

毒

现在，我已陷入毒的冰冷和无言
我深信不疑，毒就藏在世界的狭小之间

一场雨，看似无辜。在九月的火焰上
生命陷入泥泞，沼泽吞没了翅膀

这冷冷的暮色和白水，在悲咒的嘴唇中
映衬了鲜血的苍白

水和善良，养活着一群穿衣服的人
毒和丑陋，养活着另一些穿衣服的人

2016-9-13

绝望的母亲

暮色已经降临，一位母亲
用斧头和农药做了翅膀，拒绝了
人间腐臭的灰尘。生命终结了
爱终结了，绝望终结了
还有什么比骨头弯曲更痛苦，更偏执
人生并不漫长，没有光的信仰
就是大风在暮色中摔碎了生活最后一套餐具
让旧的伤口搀扶着新的伤口
仓促地离开这个农药也溢香的世界

生活手起斧落
时代到没有温暖为止

2016-9-14

想想春天，也只是身外之物

每到黑暗飞扬跋扈，庙堂钟声紧凑
枝条变成鞭子的时候，小南风拧着小蛮腰
像一个季节的管家，在孤灯下
改变了马蹄的方向和三流诗人的嘴脸
另一些阳光，拈花惹草，好景也不会太长
一座新城很快变成了鬼城。大洋之中空无一物
回家的路已是乌有之路。想想春天
也只是身外之物，像出门在外的亲人
留给长夜的无非是大小不一没有温度的包袱

2014-3-21

期限

在春天回头的人，拥有了苍茫的翅膀
他到达秩序的顶点，就找到耻辱的源泉

流水没有时间恢复原形，一切流放在狭小的无限中
再看那些结冰的声音，它们始终没有练就合适的形体

一个批判者，放弃了形而上的晚餐
他要在繁星集体自慰前，道尽生活的苦衷

2014-6-9

苦衷

我见过大海的伤口，没有我的苦衷辽阔
我见过哀鸿的崩溃，没有我的苦衷彻底
还有暗夜被闪电撕裂的血腥，没有我的苦衷纯粹

我只是要让一把斧头深深埋入心底
从此，远离锋芒和一片丛林的回忆

2014-6-13

凋零，才是时间最深的部分

春天已被铺张的庄禾淹没，鸟鸣擦亮天空
锄禾的人布下了时间的陷阱，等待大风虚度

一些坚硬的事物开始黯淡，月光藏进了菊花的心事里
饮酒的人，忘记身边的海水怀揣着普世的火种

露水已凉。剔透的行程中有看不见的狼烟
凋零，才是时间最深的部分

2014-7-8

献诗

三月形同梦游，窗外魂不守舍的飞雪也是
一位诗人抚摸着僵硬的枝条，他灰暗的表情也是

阳光低着脊梁，在南方的小镇排遣伤感
它的内心有着纠结的阴影和记忆

和煦是一切刑场的尽头，在骨头面前
刀斧只是小丑，尊严不需要借尸还魂

而越来越慢的流水，把石头重新洗成白净的婴儿
时间的诡异，在于把你抚养成人，却给了你别人的灵魂

2015-3-1

无辜的夕阳

——写在“东方之星”罹难之际

长江之水是无辜的，它内心的阴暗没有那么辽阔
442 粒尘埃是无辜的，他们曾经彼此打开过

夕阳坚持沉下来是无辜的，它不需要再造一个恶灵
流着泪的云彩是无辜的，人有佛形，也有兽形

站立起来的风是无辜的，它没有刀斧，没有脸谱
我们的悲伤是无辜的，故乡这么近，亲人那么远

2015-6-11

尽头

——贵州毕节四名儿童服毒自杀

人间越来越像一座荒城，花朵的盛事
在无常的风雨中，逃跑出死亡的速度

空山再无鸟鸣，破败的院落竖起篱笆的骨头
无处不在的冷漠，断绝了炊烟的后路

这些身体的战争，灵魂的战争，信仰的战争
为什么要在生命的尽头，才能得到和解

2015-6-12

抵达

当一条小路听到乡愁的咳嗽声
当一朵花被狂风摘掉蝴蝶般的翅膀

当流水在拦河坝的脚下回头
当白云蔑视一行大雁的归程

当至亲至爱者在闪电中失去了消息
当一匹马无视最后一棵草的战栗

无限脆弱的悲悯，一个虚拟的城邦
鹿死谁手，我们才能抵达那根鲜血流尽的骨头

2015-7-6

事物之窥

看苍天，云朵悠闲，群星与夜鹰擦出的火花
像放大的拳头，暗藏了虚无的暴力
一切天象，仿佛一场梦境，影乱行散又光芒四射
却又与我们那么遥远，甚至，不知不觉中
让我们进退两难，是放下手中的刀斧
还是把一万匹野马带回东山

看大地，草木卑微，山花宽容又仁慈
蚂蚁随时上树看望远方的亲戚，南阳坡上
放羊的李二棍，五十岁仍然圣洁得像个婴儿
也有亲人和邻里，抽出自己的骨头
斗殴、结仇或者结队上访，半斤白酒后
内心装满千山万水，再抽出一根骨头
去圣城，去荒岛，或者去乡镇孤儿院
为国家画出另一个太平洋

人永远比真理接近真相，你看见的事物
是另一种真相，但不是另一种真理

2015-7-7

夜遇大风

如此万古的暗夜，不可能有所发现
包括完整的自己和永无止境的人间

但，一直有事物回应、搭讪或者不知所终的抱怨
甚至，有灯火转折，树与树之间固执的矫情
尘埃不由自主的倾泻，旷野中隐约无序的悲悯
以及蟋蟀的胡言乱语和牛羊毛骨悚然的凝望

如此黏稠的暗夜，两扇木门
沉重如铁，也晃动着没有羽毛的翅膀

2015-7-8

短歌之一

在穹顶之下，好久没有听到沙哑的鸟鸣了
仿佛故乡的一夜，只有父亲低缓的咳嗽声

再往远处，明月虚空，寒风吹我若古人
美酒馥郁，阳光金黄，是前朝还是若干年后的际遇

现在，鸟都去了天堂
寒风冷我，杉削成笔，我在文字中嬉戏一只旧年的燕子

2015-3-7

短歌之二

时光浩大，万物在私欲泛滥中被重新洗脑
躲在暗处的异教徒，也没有开辟出一个新的宇宙

依旧冰冷的教条，在阳光的保温箱中得到救赎
南山甚远，云朵上的诗人只能空怀一条饥饿的山谷

此时，月亮像一枚止疼片，被心痛的人含在记忆里
风里风外，都是草木深深，寸土皆愁

2015-3-11

短歌之三

我开始丢弃一些不明来路的拯救，这个春天
我来履约，必须与你在一朵花的体内搭建起一把梯子

即使我们不会到达任何地方，无法在浩荡的行程中
完整地看到自己，以及在茫然中失衡的一切

迷失于一生的，必然有悖于事物的秩序
仿佛我爱着深渊，爱着平庸的余生，却没有一颗失败之心

2015-3-19

短歌之四

闭门即空，谁断了天涯的西风
鱼雁自有大道，一点相思，已是过往岁月的残羹

如果你陷入宗教，我也拒绝伤感
让那些隐晦和悲情在现实的漩涡里破产吧

这不是奢侈的尽头，松花酿酒，春水煎茶
我让春风洗手，把安静的月光送回你的体内

2015-3-20

念头

当夜色圣旨般孤独，群星把一些事物
内心的光线拉直，再赋予种族分歧一样的
音符，世界便有了雕塑和纪念
隐匿中的暴力和纷争，不是流星
也不是带有声调的咒语。一片废墟
与光同尘，逻辑与智慧，在荒谬的秩序中
没有胜利可言。你看，难民营绝望的
眼泪，同样流淌在黄河的内心
这些无助或粗粝的事物，各有表述
在这个悲中藏忧的时代，他们的心灵
已彻底断绝了重生的念头，不再
与悲伤相互照应，也不与自己互道珍重
一个光阴多余的季节，有了铁的状态
却丢失了一个安静的夜晚

2016-6-16

暴雨

把灵魂的外衣挂在未知的事物
像我自己，把闪电寄存到骨髓里

太危险了，我的故乡走在迷信的乌云中
独自回家的耕牛，声声叫着君主的名字

忧国忧民的是雷电，绝不呼之即来
像暴雨遍访人间，从不救溺亡之人

2017-5-1

白发

午后，一缕秋风将两鬓的白发
送到落叶的忧伤中。更远处
满山凋谢的草木，加深了一个村庄的
孤独。闪电垂直，夜色灌顶
白发修饰了月色，也给回到院中的
玉米和土豆做了一次生命注解
想想人生无非是宇宙平衡的一个筹码
就理解了瓦罐中的盐怎么会拥有
木质的爱情，也就原谅了最初的
黑发，怎么没有热烈的青春

2017-2-14

蜡烛在怀中流泪

这是现实的附加部分，朝阳区丽都花园
一群流浪的拾荒人，陷进生活的深水区
头顶灯火辉煌，蜡烛却在怀中流泪
命运恍惚，梦中渗水。低于尘埃的生活
似舞台剧中的一句旁白，被打哈欠的人省略

楼越高，灵魂的泡沫越大，越尖锐
空有翅膀的日子，习惯低头，甚至匍匐
刽子手的獠牙总把细微的光亮咬碎
如同井底的美梦，爬上雾霾的殿堂
怎么也找不到下跪的地方

2013-12-11

夏天

天空炮制了一些截句，有闪电的
暗喻，狮子的心跳。更多的是人间
白白浪费的鸟鸣。风来，有谬误
雨去，也只是闲谈琐记，零星墓碑
真正涌动的，是芜杂的人心
把一条条无形的鞭子，悬在头顶
给捕光者一个远离春天的葬礼

2017-6-11

微光下的救赎

时光浩大，万物在私欲泛滥中被重新定义
躲在暗处的普世箴言，企图复辟出一个新的宇宙

依旧冰冷的生活教条，在阳光的保温箱中得到救赎
南山甚远，云朵上的诗人只能空怀一架饥饿的楼梯

此时，懒散的坚果像一枚止疼片，被心痛的人含在记忆里
风里风外，都是岁月深深，寸土皆如老酒

2015-4-2

暮秋

好像穷人们离冬天更近一些！譬如
这个落叶还乡的季节，向阳路低矮的
理发店、蔬菜铺、阴暗潮湿的小旅馆
一夜之间就倒在马达的轰鸣声中，裸露在外的
是蟑螂、蚁群和将要不知去向的瓦砾和惊恐
一位残存几分姿色的中年女人，在小旅馆的废墟上
捡起一只水晶鞋，看了几眼，随后使劲
扔向另一堆废墟上，仿佛内心的记忆里
那个跛足的包工头是自己抱过的一块石头
最终被狂风搬到了遥远的空谷，她觉得
浑身发冷，不远处的墙角，一位拾荒老人
点燃了落叶，却加快了她的颤栗

2015-9-4

听竹

晨光如泥的时代，山水一再走散
阳光渐渐变薄，乱石中常常会跑出黑色的
蒙面客。有人把麻雀的羽毛敷在一匹马的骨架上
有人把乌木放在锅灶边，让饥饿如影随形
撞门而入的风，像宋朝墓穴中游走的碎瓷片
一颦一笑，都有刽子手的底功。有一日
月下饮茶，竹影婆娑，感觉有万箭穿心的
快意，从高处滑下来，而且有松、梅、兰的
和音，淡化了尘世的暴虐和虚妄，给病变的血液
保持了足够的温度，来抵御美学的压榨
和信仰的死亡。面对狼藉下的虚怀
旧人中的君子，选择了淘洗和漫卷
伸向天空的，是气节中带铁的部分
堪比黄金的已沉淀在良知和清风明月之中

2015-10-26

所见

我也经历过光辉的死亡，不明不白
像通往矿山的那条铁路，从祷词绽放的春天
把无数草木推向深渊，在大地的肉身上
倾泻出一道悲苦的闪电。转眼间
秋风越狱，矿山关闭，靠几分姿色
过日子的狗剩妻，也卧床不起
在肆无忌惮的荒草中，钢铁偷生着
如同信仰在罪孽中死去

2015-10-29

歧途

每到八月，天空中牧马的人
就会听到人间的塌陷声，一阵
高过一阵，他们心怀使命
却不能为故乡的沉落奋不顾身
遍野的颓废中，许多事物已找到尽头
还有一些在对抗自己，不想输，不认输
更有少数的去了寒山寺，给肉身开光
感觉有了月亮的光芒，那些高处
谋生的人，没有时间规劝这些同根的兄妹
一双双杀鱼的手，怎能点亮远方的火种
双膝下满是鲜血和铁钉，如何安放
欲将归来的灵魂。今夜，洗净浮世
对应天空的浩瀚与澄明，我将为高处的
亲人备下足够的奢侈和自由
以及最后的残山剩水，不至于
我们的相遇，到最后还是一种歧途

2015-9-1

诗学

万物奔走，悬空的事物目瞪口呆
陷在秩序中的诗学，被瓷器和隐喻围观

四季显得凌乱无序，一些寡淡的人
在水面凿开隐秘的悲悯，并附上风一样的低语

诗学就此诞生。太多的词语已在月光下走散
人世空旷，大地慈悲。他们总能找到还在虚掩的门

2014-10-9

独白

用肉身在白云中放马
是斩断了草的退路和性别
更是物质主义在一张白纸上
设下祭坛，对抗善良的河流

我是一个用灵魂埋藏肉身的人
在刀面前，我无比炫目
并习惯站立，心中装满了
寒夜倾倒的温暖，即使
被风推到了蒙羞的屋顶，也不做
大雪掩盖下的灰尘

2014-10-15

散乱之心

群山就像那些抑郁症患者
终年蹲坐在时光的刀刃上发呆
有屠夫在它们的体内，抢劫、焚烧
雕刻野蛮的符号，甚至取走它们的骨头
更有诗人为它们加持、命名
连月光都被廉价兜售的时代
它们保持了长久的优雅和冷峻

流水就像那些被拐卖的少女
她们天生一身好肌肤，一副好嗓子
可是，怀抱空山，命若浮云
在工业革命的斧头下，就变成了
猛兽、娼妓、陷阱和母亲的眼泪

群星也是，寂寂的微光渐渐有了薄恨
在这糜烂如席的人世，抬头仰望的人
都有一颗散乱之心

2017-6-6

拯救

光明路的胜利桥下，一对拾荒的老人
为这个城市义务做保姆十七年，为唯一的儿子
做牛马四十年。风雨交加的夜晚
归乡的目光，模糊，滞呆，扑朔迷离
而儿子带着书中的黄金屋和颜如玉
在遥远的一片霓虹中，关注着斯诺登的女友
和穆尔西的晚餐

同一柴门下的飞燕，有的吐血，有的吸血
谁能拯救我走出这血腥的结局

2013-7-14

井底人

近日，“北京有人蜗居井下”的消息引发关注。目前，“井底人”居住的北京市朝阳区丽都花园，曾经住人的井口已被水泥封堵，“井底人”也不知去向。

隔着茫茫大地，顺着时间的缝隙
一群拾荒的人，紧靠着铁的冷漠和喑哑

像落叶，羞于阳光虚构的温暖
风雨来临，羞于无助

如何在地下，延伸着脆弱的生命
如何饥渴和尖叫，厚土有轻微的回响

为什么眷恋这块土地
它使我们暂时忘记了冷和孤寂

2013-12-7

现实一种

梨花点燃春天，辽阔的白
从北方的小镇，一直开到留守孩子无助的心灵

我的乡亲，乘着春天的翅膀
要在远方捡拾烫手的阳光，却陷入生活的寒凉

冷落的种子在风中哭泣，一捧旧土
北雁南飞，多少骨肉从此流离失所

悲伤太高远了，辽阔的白
让远山的石头都愁肠百转

2013-3-27

有多少春风被心灵挽留

一场春风献出了鲜血，又一场春风
献出了白骨。那些古老的灵魂，被万物朗照的
神明，又献出了什么

春风还有毒刺，有 H7N9 之外的瘟疫
有地震，海啸，也有军事基地无法拦截的坏脾气
那些腐朽的灵魂，你有什么

有多少春风被心灵挽留
有多少灵魂收拢翅膀，在春风薄薄的翼上
流下感激的泪水

2013-4-13

惊慌

正在蔓延的雾霾，与大地有了小小的碰撞
多么可怕，末日的气息漫过了一只鸟的飞翔

就像一道闪电，突然撕开一个人的内心
谎言无处可逃，惊慌像尘埃一样无法散去

时光如此丑陋，游弋在其中的疼痛
在硕大的伤口上，怎能呈现垂落之美

而落叶缤纷，大自然悲惨的宿命
让弯下腰的草，在惊慌中献出了最后的骨头

2013-1-28

秋书

红叶也要提着灯笼
沿着秋风这根绳索往下滑
它们像群猴捞月，舔舐大地
它们不用语言，用死亡
献身这颓败的季节，它们都是
大地神性的灯盏

尽管我们不会庆祝死亡
万有之间，我们同样不会庆祝
没有灵魂的光线

2017-10-13

路口

不要在落叶的脉络间
寻找秋风的去向，不要
替路过的羊群流泪，也不要
为那个孤独的歌者点亮灯火

他们只是短暂地经过
他们仍有迷茫驻足在内心的
一小块黑暗中
不愿透漏给依旧失败的世界

2017-9-21

为诗者说

郊外芙蓉争艳
太阳却在正午照见了墓碑
仿佛灵魂伸出赞美的喉咙
肉身又修改国籍运行在另一个轨道

太平洋大而得当
无需轻浮之人取悦
有没有纯粹之手在浪花上写出
——“我呼唤灵魂不要放弃那条
破渔船，把皇冠归还给孤独的乞丐吧”

恰巧一条老鲨鱼射出水面
它吐尽腹水，包括一副假牙

2017-10-14

第二辑　白雪似墨

故乡遇雪

尘世如危崖，白雪似伤痕
而且，故乡的自省与主张，根本不用
这苍白来转折和铺叙

炊烟并不陌生，在无法平衡的黑白中
麻雀学着雪花的模样，与一条河流自救
枝条追赶的物体，从光线的内部
回到大地的咽喉

美学从此溃败，直到人间悲苦
滑出这呆板的空白，其余的惊艳和绝句
不过是小镇一袋旱烟中，早已
熄灭的灰烬

年年都来祭祀的雪花，在父亲
锁定的频道中，甩发、走边、提枪
把一个朽枯的江山，重新赶进了
追忆的卷轴

2015-11-18

听雪

不是一只雪豹的低吟，也不是
无声的爱抚，渐渐靠近了时光的废墟
欲言又止，多像宗教在虚幻中洗礼

大音多无序，与温暖何其相似
怀抱琵琶的人间，悲怆的灵魂毁于抒情
喧嚣于隐痛深处的必将如多余的虚构

乱世有筹码，龙虎和草木
出长安，下太行，在北风中逃生
活下去，只为了匹配这干净的声带

2015-11-23

冬晚对雪

昏鸦在赞美夜色时重获新生
送葬的人群，脚下突然没有了道路

一切如此自然，每一种事物都被雪还原
祖国不老，也不会孤单

宁静之美，来自于歌唱
又消失于照耀

2015-11-24

太行山读雪

灰烬中也有美景，愚公老去
传说中空有一颗失败之心。此时
白茫茫的太行山，在幻觉中
抬高了民间和祭坛，陡峭的内部
刻满一只飞鸟的悲悯

江山并不平衡。飞雪济世，流水悬壶
兔子拖着磨亮的斧头，想打开图腾中的
乌有之门，却是乌鸦的火焰，照亮了
屠夫的门庭和前程

雪越下越大，群峰举杯
仿佛故知回到身边，北风迎面开门

2015-11-24

雪夜小酌

开始是雨水，有声。后来是
雨夹雪，声音陡峭。现在是雪
有骨头断裂的痕迹。许多细微的
事物再无回应，一杯清酒
更是腾空了胸中的波涛。这一夜
心中皓月当空，没有决绝之美
大地上白雪羞涩，人间虚弱到极点

2016-11-21

大雪

集体主义不需要存在感。你看
这些相似的故人，身披月光的诺言
多像走散的炊烟，匆匆回到故园

那些伤，那些说不出口的亏欠
大雪过后，它们会消失在自身的释然中
让心中藏匿的刀，冰冷中折射镂空的漩涡

2016-11-29

雪片段

看到雪，就看到水
飞逝的结果。那沉默而平静的
消融，仿佛一个传说卸下了戏装

而赶路的人，体内的
水位正在上升，他眼中的世界
是一瓣雪花取代万物的感受
并无法命名

2016-12-25

冬日帖

草尖上迟疑的水滴，已不动荡
风只给风传递口信。而水也不能继续
洗水。偶尔从树枝上掉下的
最后的落叶，像忏悔，冷至骨髓

季节也像命运，走老路，念旧符
总让人在明媚中看到无辜的灰尘
虚妄的肉身，奢望过谷种的白骨
脚下却是废墟，没有泥土的慈悲

老家的小院里已堆放了过冬的炭块
可是，我的身体里暂时还没有地方
储存这些与雪花作对的东西

2016-11-1

像雪一样冷或者白

一只豹子穿过秋风，一树豹纹
在秋天最后的酒杯中，熄灭了内心的火焰

另一些浮夸的红枫，脸上含着笑
骨子里已苦不堪言

而远处的一块粗糙的石子
蘸着水，磨着岁月冷冷的刀

这污浊狼藉的战场，连乌鸦也视而不见
直到大雪降临，没有人谈论虚伪或者丑恶

当雪花落到诗歌内部
文字要像雪一样冷或者白

2012-11-11

我忽略了一场雪的从容

那时候，时光开了侧门
一只乌鸦探出头来，窥视着苍白的小镇
就见目空一切的寺庙，脱了黄袍，素面净身
身体里放生了无数头奇形怪状的小兽
山下落寞的石径，对魏晋越来越生疏
悄悄收起锋芒的人，背负年久失修的心境
邀风对饮，从容路过的雪，和时光一起跑

这一切，我若干年后想起
那场雪已返回山顶，变作白云，去了他乡
最初的丛林中，我忽略的不是一场雪的从容
而是原始的欢愉、爱和宗教……

2013-11-19

冬至，或抄录错误的雪花

麻雀背上的薄霜，比雪花更委婉一些，在冬天
佛光暗于灌木的落寞，熙来攘去的人群，淹没在鸟的孤寂里

就有问道的石头，堵住雪花里的水声，就有大片的时光
倒塌。纸样锋利的枝丫，在辽阔的西风上，夜不能寐，发
出尖叫

而失控的落叶，如同上苍在冬至里最后一次抒发的憎恨
苍白的祈祷中，有无法治愈的洪水与灰烬

2013-12-9

雪把耳朵捂紧，一切徒有过往

我不眷恋陌生的光芒，在冬天的一个伏笔之中
好像听到什么动静，在四季的箴言间，慢慢移动

月光的灰烬铺满小镇，乌鸦静若寓言
一场雪，又一场雪，养活着泥土的香气

我不想再遏制腐朽的速度，一切过往
在谎言中羞愧，犹如白雪十里，万丈空虚

2013-12-29

在安静的雪中剔出春天的翅膀

我看到了世界的羽毛在剥落，隐蔽的弹片
铺满去往明天的道路，江山孤独，灵魂浮躁

一只惶恐的鸽子，内心保留了河流的细柔
万物生而有光，荒芜和颓废还能坚持多久

让虚弱的爱，在安静的雪中剔出春天的翅膀吧
当风暴突起，有无尽的草木之香等待搬运

2014-2-7

大雪过后，我没有见到先知们的预言

大雪体内的墨汁没有叫出声来，冰凉的夜晚
仍由单纯的月色浇灌。就像庄子袖中的微风

从来不拂尘埃。在众多的颂词中
唯一复活的声音，来自老屋刺眼的裂缝

大雪过后，我没有见到先知们的预言
事物之间的关联，恰似冰冷的石头蕴藏着滚烫的火焰

2014-2-8

雪之光

寂寞瘦了，云水间多了一种情绪
就是海洋把自己变轻，让辽阔更加宽余

天空再无私，人间也含有歹意
白茫茫的一片，不是光，是一种心情

河流朦胧，山川垂暮，小镇敦厚的表情暗藏尖锐
我走出去，明媚铺满道路，菩萨也不肯抬头

2015-1-24

冬之眷顾

戏楼已空，喧嚣被北风吹进一棵杨树的
翘望中。匆匆忙忙的小镇，一下子就安静下来
仿佛一个国家丢失了取暖的火焰
成千上万的骨肉，像落叶，死了报国的心

也有当仁不让的固执，雪飞来，从内心
拒绝上天的晨暮，一个靠汗水取盐的人
在白茫茫的大地上，带着月光般的眷顾
把自己送给了流水和万物残酷的穷途

2015-10-14

白雪慢

不是所有的光辉都可以照耀，像一只鹰
布道的过程。本能。慢。有方向地坠落
心如狂云，满眼都是简化的真相
路似心胸，栅栏皆如玫瑰般凋零

一些事物总是漫不经心的，像现在的你
读了一首无雪的诗

2016-1-29

寂静本身

一场雪，超出了倦鸟的沉思
它更像低语，超出了雨水的理解

当暗夜抖落雪花般的羽毛，清澈的寂寞
一定超出了相思本身。就像那些被遮蔽了的忧伤

与辽阔的苍茫相遇。而寂静本身
正在渐次坚硬的柔软中悄然生长

2014-2-16

傍晚飞过的乌鸦

背井离乡的雪还在继续
一些疲惫的灵魂已靠近了大地

这一刻，一只乌鸦从我的内心飞过
坚硬的时间，露出软弱的尾巴

乌鸦一定看到我内心堆砌的黑暗
正如我此时看到一块碑在雪中发出冷冷的光

舍弃了一切黑暗
就舍弃了一切阴冷和怯懦

傍晚飞过的乌鸦
带走了一枚钉子对大地的邪念

2013-1-4

在窗前，看一场雪浩荡弥漫

一场雪
已陷入大地和飞鸟的无言

一个幸福的人
在窗前，看一场雪寻找另一场雪

这浩荡弥漫的誓言
为了爱，刺痛了冰冷的时光

源于未知的预谋
无法摧毁一个季节的锋芒

整个大地，它残缺的梦想
来自于一张白纸

2013-1-9

冬天里的事物

这些被时间遗弃的骨头
是岁月本身的疏忽，细微而忧郁

一只梅瓶，打破冰封的裂纹
铺张的雪花，渗入一个人的内心

那些孤立的决绝，没有暗涌
像拥有王冠的猛虎，隐于丛林的心跳

遍地都是远方，逼近火的预言
找不到打碎枷锁的利器

2013-1-18

大雪中，想起一株遗忘在时光缝隙里的葵花

她应该没有被时间雇用的刽子手砍了头
她的茅屋，她的秋风里点亮的金色黄昏
一定有误入歧途的蜜蜂布满了生活的毒刺

这是我真实看到的，一位又一位的弃儿
在冷漠的大火中化作朝阳下乌黑的尘烟
还有那些天天向上祝福母亲安康的纯美愿望

穿越谁，我才能接回遗漏在时光缝隙里的小太阳
穿越狭窄的道德冷漠的灵魂抑或这一场无辜的雪
还是哪些不真实的花开或者夜晚里憔悴的卖唱

我已在现实的酒杯里死过一次，为了一株野葵花
我愿在满目疮痍的灵魂中，埋下最后一粒种子
让辽阔的荆棘像雪花一样刺向每一个人的胸膛

2013-1-7

叙述

从一瓣雪花开始，我想说出
那些记忆中的飞扬，以及一只乌鸦的黄昏

它们在一根枝条上相遇，然后对视
它们内心流淌着黑白分明的迷茫

但现在，如此相对的事物就要握手言和
它们神秘的笑容驱散了我小小的恐惧

此刻，我担心的事情还是发生
时间轻抬小手，它们便慌不择路

一个向上，一个向下
谎言在枝头惊动了大地

2013-1-30

冬月，矿难小记

再白的雪，落到南阳坡
都怀疑自己的初衷。那么隐约的
一个村庄，却靠狗剩嫂声嘶力竭的呼唤
醒着。都知道，她十八岁的儿子
永远迷失在那场矿难的粉尘中
生活再无悲歌，躲在山外的春天
为一个灵魂出入开了侧门，却给
小村带来一场雪崩

2016-11-6

第三辑　花开有情

木棉花

1

在风中逍遥的木棉花，一半古意绚烂
一半春梦深酣。金沙江畔，花木有心
一只只蝴蝶羞于接近。五片花瓣
举着人间的月色，如同书写的长卷
透着本质的火焰和春天凌乱的真相

2

当春天被遗忘在某个现场，一朵木棉花
就是一个救世主。另外的枝条都是旧路
已不能完整表达火焰对一座城市的用意
当更多的花燃烧起来，苍茫人间
在单调的陈述中又多了一些可能性

3

与一朵木棉花相遇是简单的，要看到
它内心居住的天使，不能析木为栋，要在
大风吹散的香气中，辨认出事物的永恒性
按照花的方式，给节外生枝的鸟鸣

一把打开隐喻的钥匙

4

不可再艳，欲望是一场浩劫
万物持续地葱茏，阳光也多了心
流水轻轻，蜜蜂和蝴蝶沉浸在两不知里
你看，时光也在渐渐地浑浊
那些清晰的颂词，像落日般隐没了秩序

5

木棉花开。过多的参照物都在崩溃
无路可退的生活，沉陷于寓言中最细密的章节
唯有木棉花，像一座城市的往事
在诞生英雄的路口、风雪和诗句中
送来不可雕琢的隐喻

2017-6-23

那些梨花高于祈祷

那些梨花，还是被春风从美学的丛林中赶了出来
它们集体尖叫，像禁区里单一的噩梦

直至理屈词穷，在血统的终点彻底认输
把时间的王冠，交予天使和豺狼共同绘制的年轮

那些返璞归真的梨花，已在灵魂中安放了祭祀的圣坛
它们高于祈祷，不屑于刽子手中脆弱的断头台

2014-4-7

梨花之诗

春光陡峭。三千亩春风
在原平，只够养活一个农家小院

万物喜忧参半，风情乍泄的梨花
用替身安抚着春天的肉身和嘴唇

却是真情醉心于树荫下的穷途书生
羽扇纶巾，遮蔽了命运的恻隐之心

藏在月光里的身子，高过黄土的火焰
“我的乳汁，只奉献给灵魂深处居无定所的人”

梨花，梨花。绢帛掩面的小诗人
还有多少碎银，典当月光之外的惆怅

2014-3-23

桃花恍若在昨日

恍若在昨日，桃花一声声长叹
阻止了我十八岁的奔跑

三月桃花肥，家乡孤独且远
一夜相思，把又黑又酸的山西甩在身后

春风上心头，又是一季过往
太行山旧了，桃花依旧巧春光

却是，燕子一两双，换了新人
漳河水绕过林州去了天津

2014-3-22

油菜花开

在汉中，油菜花开，就像是一个省被点亮
汉水是灯芯，左秦岭，右巴山
大河坎就是那个敲着铜锣引领飞蝶和蜜蜂的人

阳春桥探出头来，有一只工蜂的想法
油菜花开，一位姑娘心潮澎湃
恰好风吹，汉水心跳加快，不回头跑出山外

2014-3-20

梨花开了

春风如玉暖。旧事在泥土里开始伸腰
青草和花朵，在四月练就了穿墙术。这些
白雪以外的火焰，为春天持美而夭
像朵朵白云为养马的人耗尽风骨
泥土为美酒落泪

2017-2-22

梨花是一种怀念

春天是困兽。它推开了所有出口
包括枝条上紧闭的每一扇窗户

它失意，举杯浇愁。它飞翔
找不回翅膀。那些草步步紧逼

苍茫一季，那个走远的人
让它白了头。梨花迷失于内心

这个春天，梨花是故乡的另一种怀念
我无法自拔，只好举起梨花的酒杯

2017-2-22

光芒如柴

柴是安静的，光芒是一种倜傥
我们在云水之间牵手，苍茫孤单且瘦

我们不是故意的，思念白茫茫一片
月色千顷也不过如此

你说，我们放下火焰吧
爱，本身就是肩膀，它有着与生俱来的担当

2015-1-30

在佛山，遇玉兰花开

在佛山，三月渐渐变白
寒冷没有了颜色，那悬而未决的
香气，从佛山大道、金鱼街
再到贤德路，散漫、铺陈、倾泻
像祖庙溢出的光，紧紧环绕一个城市的
灵魂。因怒放而卷起的漩涡
如十万匹白马在汾江奔跑
眷恋太高远了，赶在五月底开放的
你知道，那是塔坡岗
最后的孤独

2016-5-14

怀念

旧信封飘在 1988 年的雪花里
胆怯，羞涩，有时光带不走的火焰

梅花吐蕊，事物变得更加清晰
但，那不是残冬的意思

你向我内心投出了一块石子
恰逢夜晚降临，如灯火无所顾忌

2016-6-5

如尘

十八岁我就坐上火车去了北京
与一个女孩说孤独，说山西的月光
在多瑙河水里不甚了了，时光在
八月的午后，没有花开，清一色的绿
像来时的火车，拥挤，离天空遥远
没有一把意外的梯子递过来。三十年不长
不短，说给女孩的那份孤独
如尘，不可求，不破晓

2016-6-17

和寂寞撕扯的无心说出

尘埃追马蹄，北风起，秋影依稀
独坐深处的瘦菊，心中孤峰突兀

像语言依附于白纸，和寂寞撕扯的往昔
怀抱爱情，退守于伤痕累累的欲望

爱和拯救，我无心寄出的包裹，年复一年
在时光的背面，盖满“查无此人”的邮戳

2012-9-4

一朵桃花开得如此慢

一朵最后的桃花，翻着一本旧杂志
穿着黑丝袜的春风，和邻家的女孩说着遥远的爱情

满山的树木和草芥，陷入乡村的沉寂
干净的光，一瓣落在枝条的伤口，另一瓣落在女孩的脸颊

空着的位置上，生活继续
光阴和忧伤，困在迷失的芳香中

2013-4-15

在月光的霜冷里

在月光的霜冷里，时光黯淡萎靡
一个满身尘埃的旧女人，骨子里有着散淡的暗香

丝绸一样薄的夜晚，酒杯成了爱情的巢
明媚的记忆，撩开春天的软肋

再听见善良的火车，渐行渐远
风空着手，想取出我思想中隐藏的刺

此刻，在月光的霜冷里铺开飞翔的羽毛
除了人间烟火滂沱，天涯多远不值一提

2013-6-19

黄金，隔着尖叫还给了光阴

落叶阻止了我的奔跑，昼夜交界处
小镇微醺，一声尖叫垂直落在了山腰

2010 年 7 月 28 日，夏雨滂沱不觉晓
我被黑夜捆绑，另一列火车从河北开到地下室

那弯下去的岁月，金光闪闪
谢天谢地，我要隔着尖叫还给光阴

就像一夜春风在，柳千里，鞭无痕
一颗诗心，妩媚，欺骗不了尘埃

2013-12-23

尘世之爱

1

山河一再忧伤，尘世之重
在于深不可测，也在于它的诺言一再崩溃

我们之间没有永恒。尽管洁白如空虚
也要把牵念和伤痕，用在余生的原谅之中

如同那些陌生的灰尘，牵着手走向深渊
并给风留下忏悔的缝隙

2

在爱情不可触摸的季节，花朵隐蔽了誓言
我们像两只秋天之外的果子，隐蔽了呼吸

你仍是那张简单的白纸，保持着柔软的身子
你不反抗，岁月的野兽就无从下口

在尘世浑浊的薄帐里，我听到爱情的呻吟
渐渐失去了物质的狰狞和底线的锋利

3

我们不在彼此之中，就像风拂石头
舞蹈的是草芥，动情的是流水

月追彩云，爱情的野菊不可成真
蝶舞花红，相思的长廊空无一人

时间就是解救我们的邻居，你来或者去
我都在云端的那瓣雪花上等你

4

你是我内心虔诚升起的一缕火焰
是爱情的另一种姿势返回了尘世

仿佛万物都已安眠，苏醒是一种奢侈
我不顾这一切，春风吹来我换装

我不想沦为玫瑰的乞丐
你要带着刺和病痛，等我把黑夜吹灭

2014-11-23

黄昏帖

在尘埃中清瘦的光芒
让一座旧桥内心的暗流
得到了充裕的照耀

正如我们三十年的爱
用一块石头打磨着另一块石头

2017-6-5

吹

东山上的隐士摇着头
一片芦苇，沿着水的骨架，倾谈

仿佛世界打开了另一扇窗口
你我中间隔着一只大鸟的意识

绝望被掀动，旷世的爱情
在深巷中发出细小的尖叫

吹啊，心的另一个角落
是彻夜不眠的和煦

2013-8-19

浴

春风吹。桃花们集体碰杯
一弯旧枝，贴近天涯

小酒杯，倒啊，倒
流水漏尽了时光的醉

我们放下思想
世界放下手掌

憨厚的石头撑着灯
黎明等了三等

2013-8-19

桃花岛

遍身花朵，也有无言的寂寞
有伤口和心慌。枝丫轻折，月光绕不过流水

远处有人吹风，有人和石头对坐
爱情在木桥上对着水影梳妆

桃花岛，桃花岛。桃花开罢，月亮弯腰
成熟的果肉在燃烧

2013-8-7

立春书

又要陷入葱茏的修辞，虚华的饰物
迷乱沃土的生理，打劫者面对猎物没有理由
而寂无声息的爱情，渗入水的骨髓
大地无怨无悔，只是受到光阴的控制

我们现在就恋爱吧，让那些抒情的人
在这个季节里再也找不到安静的隐喻

2013-1-26

火焰

我无法满足春天的欲望，遍地流水
花朵们还是在风中愤怒

那个珍藏鸟鸣的人，也怀抱暗夜
他在寻找时间的另一个出口

唯一辽远的，是一团火焰
它潜伏在草的内心，等待时间的指令

就像枝头的芬芳
无法拒绝季节的命名

2013-1-30

你至今仍卡在时光的缝隙中

——致河北衡水金薇

1988，鲜花开在嶷山的祷词之外
幸福的闪电照遍了漏洞百出的人间

爱情沿着草木的身体升起来
两只蝴蝶飞进了阳光深处

而今，一片叶子已在奔赴尘埃的路上
这唯一的传说，搁浅在月光的酒杯里

好像，你至今仍卡在时光的缝隙中
从没有使我们彼此相互陌生，相互遗忘

2013-10-4

黄金还很遥远

1983 年，南阳坡春风十里
燕子贴在天空，油菜花低声朗诵

一座石桥，搭在两件旧事之间
插花的姑娘，一条腿在水里，一条腿在花间

油菜花开，又东山，又南山
我在油菜花外奔跑，黄金还很遥远

现在，南阳坡炊烟依旧
现在，黄金换走一个人的少年又青年

2013-11-15

一朵花开口说出了内心的惊恐

这是春天的正午，雾霾里隐含着无声的罪恶
一群鸟飞出去了，就像失散的孩子没有回来
另一些隐没枝头，不敢惊动这个世界

四季有序，人心叵测
草木陷入绝望和忧伤。“我们成为自己的对手”
一朵花开口说出了内心的惊恐

这时光的黑洞，我们还要掘进多深
才能卸掉内心的黑暗，将一朵花的天空
擦洗得蔚蓝、透明并香气弥漫

2013-3-2

月光

无需酒杯，满地忧伤的琼浆任你迷醉
就像此刻，三千云朵撒下相思的种子
一朵花和另一朵花，在清风之中相互倾诉
而一个人的离开，让故乡的咳嗽
加剧了一座蜂房的破碎，又是谁
酿造了生活的蜜也残留下岁月的毒

2013-2-18

前半生

北风吹过檐下，弦月正好
照我泡好一壶旧茶。有人向我
迎面而来，只是一笑
有人离座告别，仍对这个世界
抱有足够的敬意

在虚妄的岁月里
抱过长江，也搂过黄河
对于她，从未移情别恋
这是持有偏见的一行
余下的，后半生都可删改
唯有这个偏见，我要带进坟墓

2017-11-21

紫藤

紫藤何其盛大。在三月
春风也拎不动两颗心碰撞的快感

顺着藤蔓粗壮的骨骼，坠入人间的
除了盐粒，还有朴素的黄昏

我的爱人，那秋风抬出来的藤条
多像我们的腰身，皴裂而僵硬

它已没有多余的鞭子
把乱石赶往星辰

2017-8-8

第四辑　落叶还乡

清明：匍匐之诗

这一日，归途的尘埃漫过梨树园
悲伤和忏悔蹲在行色匆匆的炊烟之外

有人饮酒，有人驱散着内心的乌云
四月的天空像镜子，飞鸟背诵着古诗

山岗荒凉又心疼，最初的人性之美
被单纯的花香照耀，草木没有风声

包容这些雷电和泥泞吧，岁月轮回
我们终会互换骨肉……

2014-4-6

清明雨瘦

四月，牧童已被杏花送到未知的时辰
堆满乌云的路口，挤满了伤心的翅膀

雨，还是从废弃的古桥外走了出来
尘世间人心空荡，路尽头是含泪的火焰

生活越来越好，房子越来越冷漠
身体越来越差的是祖坟边那棵心怀闪电的柳树

清明雨瘦，说的是心情
桃花们脸红，说的是一个节日的窘况

2014-4-2

那些田野

1

那些生命的温床呵
当我老态龙钟，像落日走回，并
接近你的乳房，我看到的依旧是
颤栗、盎然、朴素和敦厚的光

2

那么多的光芒靠拢了镰刀
那么多富足的庄稼，握手言和

那些田间小路佩戴在你的腰间
多像四季的纹理，明灭有序

3

那些田野，就是时间的另一张脸
它拯救灵魂，也哺育虚无的生命

你看，阳光躺在田野上
一些伤口，也有乳汁荡漾

2014-9-4

空巢老人

空巢老人坐在一棵树下听风
阳光和云彩向他打招呼，他全然不知

他像一只空酒瓶，装满了流水的响声
从没有暗涌和漩涡

他只是等落叶飞尽
有一片踩着月光来敲门

2014-6-18

古城

青砖在年代之唇中是单薄的，它的肉身
虽然磨掉了时间的一颗牙齿，落日的颤栗
依然划过飞鸟的妄想，留下了伤口

就像飞檐和鸟鸣的统一，同时把静谧的果核
移向苍茫，而所有游走在城墙上的风韵和宗教
面对旧时代的乳房，都来不及悲伤

2014-5-21

太湖秋月

顾渚山一直囤积着月光，仿佛
在比拟唐诗宋词中孤独的分量
月推太湖，爱的密码被每一朵浪花
轻轻诵出，像一只白鹭呼喊另一只
直到把思念呼喊成无边无际的忧伤
这是上帝唯一没有给予温度的光，它们安静
无限地接近尘世，除了人间烟火
看不到尽头的是天堂波光潋滟的宽恕
而整个太湖，在月色无限深处
像一张旧绢，有着高贵的血统
从摇曳的顾渚茶香中走来的美人
在人间的倦慵里，仿佛一粒翡翠
沉浸于云水谣曲的抒情
而一叶扁舟弯曲的隐痛
是吴越春秋最后的光芒，除此之外
星辰也毫无意义

2016-7-9

草尖上的段落

这时候，大地匍匐，草飞扬
山水使劲澎湃，庙堂空无一人

有鸟掠过草尖，鸡也振翅表达心情愉快
露水在三千里外，扭着小肥腰，散着步

石磨放弃了最后一颗牙齿
去往五台山的大巴，装不下两筐熟透的想法

落叶日久失修，草尖上渐渐消瘦的流水
改变了闪电的脾气

2014-5-13

明月入怀

这一夜，每一波月光涌来
都会在你体内化为乳汁，那荡漾着的
人性的馨香，保留着一条河流的样子

多好啊，我拥有的江山
遍布黄金的矜持，且身怀瓷质的明喻
尘世烟雨，从此不再沧桑迷离

明月入怀，万物澄明
我们置身于大地的风暴中
一切颤栗都来自于内心的臣服

2014-8-8

天涯路上，我没有马车

我还在去往天涯的路上，苹果园
落英缤纷，十字路口的钟声，依旧波澜不惊
当我走到人间深处，还是没有马车
替我捎上一袭月光，或者最后的流水

一位老人在向我乞讨，一位孩子向我示意
暴雨的犀利，人间有爱和悲情
我没有马车，天涯路上
我依稀听到马蹄声声，渐渐逼近

2014-6-5

太行小镇

秋天是这个小镇用旧的老式婚纱
满身斑驳的坏脾气，正在一点点脱落

被煤矿拒之遥远的鸟鸣渐渐恢复意识
接近死亡的流水，在鱼骨的滋补下松开了紧握的拳头

离婚多年的少妇，扁平的双乳深藏闪电
她在杏花村的微醺中，拆掉了小镇多余的寂静

2014-10-6

暮色无恙

秋天是用来同居的，暮色尚好
我们把灰尘铺在身下，开始数共同的星星

流水在白云中开始弯曲，接近冰霜
众鸟沉寂，我们把星星数到害羞

暮色与月亮一样，渐渐丰满，此时
我们没有卑微的念想，只有宽松的睡意

2014-10-6

落叶还乡

我从嶷山的南坡下来，寺庙在
霞光中坐禅，冷清的小镇被废弃在
零星的虫鸣中

仿佛一切都回归到初始，白云体内的
积雪，被枝条追赶到一个人的双鬓
而绛河正慢慢忍住哭泣

时光还有为数不多的空白
我要把赋闲的余生放置一边
在最后的落叶上，拆掉多余的祭祀

2015-8-19

回乡记

一条公路忙碌着，又东又北
浊漳河爬上来再爬下去，南阳坡小镇孤独又远

牛羊在青草中恣意，灰喜鹊在树上伺候着亲人
遥远的炊烟上坐着父亲母亲，若日月齐眉

人间四月天，春风没有停下来的意思
它超出自然法则，要走过每一位心存故乡的人

有几棵树朝不同的方向眺望，白云翻山越岭
狭窄的水泥路依稀残存着少年的傲慢和偏见

再过旧桥，十年一别，南阳坡空有黄金的光芒
乡邻稀少，马车无马，少年陌生又沉寂

只是村外溪水从容，老槐树没有虚度时光
它的乳房，与相邻的小芳暗地里一直较着劲

推柴门进院，仿佛我又回到了尘世
落日获得了分量，月光找到了终点

2015-4-1

大好河山

高铁从废弃的旧铁路旁经过，一对新人
腹中藏蜜，他们牵手去了春天深处

田野里，秧苗青，菜花黄，几只蚂蚱蹦跶
鸡飞狗跳一阵又一阵，山水澎湃，一年又一年

国家不老，黄昏安详，小镇和祠堂没有暧昧
读书的人用隐喻遮盖乳房，却不遮盖它的香气

小南风有使不完的劲，如同小腿白皙的少妇
走过胜利路，走过翠花肉食店，走过另一个人间

2015-3-26

春晓梦

一群羊化了淡妆，从小溪旁经过
从前那么远，它们转身、荡漾，蓝天伺候着

送过我鸟鸣的白云，开始搅动记忆中的乳汁
春光如旧人，我丢失过鲜花，还有野火般的拥抱

无处不在的尽头，隐没于石头的内心
我形单影孤，流水和野草都没有了退路

没有比闪电更抽象的，时间自圆其说
“那些刀斧下，都是夜晚醒着的人”

2015-2-24

过黄土高原

北风又起，窑洞集体蹲在斜坡处
避风，向南起伏的土丘上，几棵杨树
一生远游，影子却在原地惦记着
一只鸟窝。几只灰喜鹊吹吹打打去了邻村
李二蛋的家中，婆姨和三个光棍在打麻将
我想告诉他们，一个大学生找小姐被打死了
可满屋“啪啪”声，融不进一点他乡的元素

2016-5-26

小镇四月

白雪走远，让蓝天心疼
初草献吻，旷野彻夜无眠

梨花白，白到春风一再回头
雀鸟飞，飞到群山瞠目结舌

在太行深处的一个小镇
清明过后，万物突然有了肉身

像一朵弯腰的桃花
被晚归的牛哞声，轻轻擦伤了身子

2016-4-13

念无可念

告别
就是他乡

思念之痛
如一列无法回首的火车

今夜，明媚的月光
多像一场浩劫横空出世

2016-3-2

暮晚一帖

白云如绝句。一粒鸟鸣在枝条上
用暮色，喂养一座村庄的新愁和皱纹

提灯走过的人，身前，身后
都是凌乱的铁轨，仿佛一场白日梦

日暮黄昏，手握铁锤的人
已经无法敲出一堆碎片的疼痛

2016-3-13

青草相望，内心不再湍急

秋深了，小野花都被岁月攻陷
父亲的背，一驼再驼。连院中的几棵草
在大风中也少有挣扎，仿佛万物
突然失去了放纵的情绪

现在，青草相望，内心不再湍急
父亲看着自己的双手，内心闪过一个念头——
愧对泥土，怎能仰视落日

2016-7-30

给它人间，它就呜呜倾诉

门前一棵柳树，在我最失意时
听到过它的表白，没有雨
那时乌云心有旁骛

它放下长袖，低垂着俊朗的面庞
一个北漂中落魄的人，爱情自然是倾斜的
它表白，它只给人间听

八月不再具体，我偶然经过
它依旧葱茏丰腴，依旧不依不饶
给它人间，它就呜呜倾诉

2016-8-1

天气好，杨树遮了遮乳房

太行小镇，青青的杨树高过四月
飞起的灰喜鹊高过小南风。绛河水走走停停
新建路宽阔且拥挤

日子大多平庸，更难得遇到好天气
天气好就是杨树遮了遮乳房，不急不躁
在与流水作别，并想着出一次远门
从此知足，不做梦，不迷恋一物

2016-8-1

暮色匆忙，白鹭飞与不飞

一日过去，一个季节过去，时间也有生死
香樟林广大，白云在头顶肆无忌惮
被热爱的白鹭，内心的暮色，匆忙走过江水

群山突然加快了心跳，一行倩影
迷人、甜蜜，有了诗情画意。洁白的羽毛
压了压旧江山的浮尘，菩提寺慵懒的钟声
正好牵扯到古城的骨髓

白鹭飞，白云嫉妒。白鹭不飞，那陌上的
草木没有了退路。时光滔滔
一些美找不到证据，如白鹭关闭了星辰

2016-8-10

浅秋，遍地都是暗涌

这是午后，善意的光芒错落有致
良田广袤，森林在捉摸不定的风中
也有小小的节外生枝。是的，在一个季节的
入口处，如果没有看到与内心相匹配的筹码
就会有新的节奏动荡，遍地暗涌靠近尽头
却没有悲壮的心声，仿佛光阴的毒药
带来的是一位猎手最初的美学

村外的葡萄园里，熟与不熟的葡萄都披着袈裟
在为自己的墓碑撰文，唯有星光，经过落叶和羊群时
放慢了回家的脚步

2016-8-16

中秋辞

田野中最后的玉米也有了月光般的情绪
众鸟高飞，陷入乡愁深处的
是一棵大槐树投下的浓荫

在揪心的八月，焦虑不是来自语言
是找不到故土的明月，渗入我的骨缝
并长出难以自拔的刺

明月依旧，诚惶诚恐的履约中
落地，却始终无法生根

2016-8-26

秋声

秋天是有声音的。那喜悦的、哀伤的
韵律，都是来自一个季节的内心
像大雁告别寒霜，白云告别蓝天
流水在晚霞的拥抱中有了爱的意义

一个心中没有牵挂的人，月光再浓
都不会听到八月的夜晚，母亲在遥远的
乡下，眼泪掉在地上的声音

2016-9-4

这个秋天

秋深了，在孤独中
一个人像一阵又一阵秋风那样
不安。落叶悲凉着，枝头上的柿子激动着
有了缝隙的阳光，拒绝着冷漠的破裂

这个秋天，多像一块绝望的铁
肋骨虽然被秋风打断，沧桑的心
依然能发出一列火车经过旷野时的尖叫

2016-9-5

秋风渐渐仓促

雷电洗过田野，苍鹰飞过隐入
从体内的断崖望下去，秋风渐渐仓促

这衰竭的气息，比星辰还要醒目
对面的楼梯上，一个身影，它完整
却没有充满骨头的狂欢，以配合秋风的摇曳

秋风仓促，晨钟飞疾
最坏的日子将被带走，但不赋予它新的光泽

2016-9-5

八月偶书

在忏悔，有点倦意。深渊中的歌唱
停留在一片已经发育好的阴影里

棉田广大，火焰照亮最后的祭台
衰草中汹涌着时光魔术师的尸体

即便如此，我还是在攻陷后的花朵中
让八月做好剩下的算术题

譬如，一个人加了件衣服
一棵树隐藏了多少掌声

2016-8-17

一条藤

窗前的一条藤，从不说话
像我空间里驼背的文字，怎么使劲
都敲不开暗夜里一扇虚掩的门

它使我想起乡下的老娘，一生沉默
却抱紧每一个摇晃的日子，从不松开
让暖暖的体温送到遥远的城里

万物都在瞌睡。一条藤
运气，用力。在冷冷的寂寞中
搂疼我的后腰

2012-3-26

圣寿寺的黄昏

圣寿寺的黄昏，像神秘的梵语
一些人陷进去了，一些鸟在枝头静静开放

微风带着参悟后的句子，在丛林中
或者更远的地方，朗诵，抑或叙述

白云下凡，也有了凡间的俗
一只杯子空了，一群山峦醉红了脸

只有八百年的油松无语，它知道
黄昏过后，打伞的菩萨还要经过这里

2012-11-9

旧月光

我仍在一件事物上游走，历经花朵
和蜂房。不可抵御的月光弥漫着涣散的人心

老房子已凹陷在另一种状态，怀念透明
孤独的车轮下，尘埃裹紧了身子

我害怕这日趋冷却的月光越走越远
秋风斑驳，我要把一些歌唱留给黎明

2013-9-17

家乡

那清瘦的白云多么值得眷恋
黄昏里，在泥土下打哈欠的土豆
一圈一圈肥起来的白菜
和佛经外的唠叨
多么值得信赖

那长夜里冒着热气的馒头
和已经陌生的小花狗多么亲切
那月色，月色下孤独的小板凳
那小板凳上薄薄的轻霜
逃过了多少隐喻

面对家乡，泪水盈盈
握手向自己告别
桃花三两枝，相见欢，茶水润苍茫

2014-6-4

大雨来了，无猛兽

小时候，母亲说狼来了，万物皆暗
只有幽深的颤栗和惶恐的安静，蜷缩在灯光远处
一个人的童年，被善良的谎言打湿

经过无辜的时光，屋檐下的蛛网
已无迷途可言，一截千疮百孔的老墙
是我删减后的证词和忧伤

临近初秋，旧桥渡不走一场雨的孤独
生活的矛盾构成生活本身，大雨来了，无猛兽
纸上的雨水，咬人从来不留伤口

2014-7-13

秋风辞

几只麻雀被刮在了乱石之中，渐瘦的村庄
缩进了古人的空山。人民广场上
菊花把月光逼向了角落，跳民族舞的白云
越跳越瘦。有人误入歧途，有雁回头归巢
阳光在午休中被落叶掏空。词与词之间宽敞了
火焰越来越细，到不了大雪的尽头

2014-4-12

过一条小河

水面不辽阔，游虾和白条鱼
享受着清冽的阳光，我和女儿
要蹚过这条县志里没有名气的小河
到对面的南阳坡，与盛开的油菜花一起
排练《黄金如何发声》

水只到脚面，小河更没有牙齿
女儿问，水如何放低自己
我拉着女儿的手，风不知去向
一只麻雀河边饮水，忽又飞到树枝上
我说，放低自己，就是去掉欲望的翅膀和牙齿

登上南阳坡，回望小河
水无声，而波光耀眼

2014-4-9

一场雨就是一场虚惊

勿忘我开了，鸟群在云层里掐灭了闪电
你在离家的路上，没有碰到奢华的落日

一场雨顺着时光的缝隙，呼唤另一种饥渴
就像我折叠了月光般的花香却无法对暗夜打开

而流淌的山川，湮没了全部鸟鸣
在春天秘密的丛林里，生活的阳光胭脂浓郁

一场雨就是一场虚惊，我们相互牵念
之间有看不见的电闪雷鸣

2013-4-2

一缕春风误入我的疼痛

一株隐入雪中的草，提前点亮灯盏
春风追赶着时钟上飞奔的豹子

有记忆里的盐，潜伏在时间的伤口
一只鸟瞬间搬走我内心仅存的光亮

你被春天挽留，一缕春风却误入我的疼痛
就像暗藏的流水，陷入岁月的裂纹

是谁解开了春风的衣扣？鲜如阳光的盛宴
已在桃花的体内复活。疼痛是一场虚惊

2013-4-5

我想在向阳的山坡居住

这是物质上的福祉，阳光谦虚
野火陪伴着羊群，流水安静地忙碌

偶有飞鸟和炊烟拉着家常
春风浩荡，茅屋下有秋蝉两声

被几只蚂蚁滚动的落日，神态安然
一声牛哞，山花醉了归途

离家多年的人，感受到了灯光的气息
雷声和节令，只是偶尔的两声咳嗽

我想在向阳的山坡居住，就像
大山靠着我的肩膀，沉静而惬意

2013-4-6

子规之啼

故乡之远，如子规之啼
既不在春色之上，也不在繁星之间

杜鹃已剔除乡愁中的鲜血
受难的事物还有多远才能抵达青草相望

听，子规之啼
不在庙堂之高，不在素淡之侧

更不在遍地埋首的人间

2013-2-7

春天的底线

浩大的春天又该转场，一位老人
弓着身，专心地捡拾着光阴的碎片

“一纸书声，有雷霆万钧”。文绉绉的风
朗读了春的台词。老人把垃圾当作黄金

时光的窄门，要通过闪电的犀利
草长莺飞，流水期待着石破天惊

而万物争鸣，要允许一朵桃花的焚身
就像这个春天，我留下了完美的阴影

2013-3-26

我至今珍存着一丝惶恐

说起从前，我有反复的惶恐和罪过
那时，我还数不清云朵的马有几匹
父亲带着我在辽阔的田间
一起把草赶出玉米的队伍
赶啊，赶。草装进了我心形的囚牢
一些善良的玉米苗，也无意间被我判了死刑
生活的重，从此添加了几分惶恐

而今，细微的惶恐已渗入骨髓
就像中年后的阳光，缩减而渺小
只有漫不经心的阴影
透过一粒粒金黄的玉米
返回大地

2013-9-21

为母亲削苹果

从善如流，母亲从不让我在她面前
把一只苹果的笑脸一层层撕碎

我无法感觉苹果的疼痛，就像
无法在母亲的身影里找到河流的灰烬

也许，母亲是不愿意看到那把冰冷的刀
在生活的藤蔓上一闪一闪，吐着寒凉的光

也许，在圆满的伤口上找到破绽
就是把苹果从秋天推向深渊

2013-5-25

在一盏灯里看到母亲的眼神

母亲的眼神，就是一个乡村的灯盏
通往深夜的路，需要光的铺垫和依靠

或者，漆黑的风里，带着一朵桃花出门
就有月光的碎片，贴在老家的门楣

多好啊，当母亲点燃了时光里的温馨
当我站在柴草暗藏的青烟里

那些细微的、琐碎的幸福，从母亲的眼神里
沿着温暖的光线，渗入不可复制的记忆

2013-5-27

春光谣

老家的鸟，就像儿时弹弓里顽皮的石块
被乡音握在手中，随时击落每一个黄昏

母亲还在荒僻的山路上移动
桃花们坐着火车去了更远的地方
一些失而复得的事物，隐忍在时光的缝隙
土地松开了腰带，月亮的杯盏里
相思的人手中闪烁着玫瑰的火焰

埋在柴垛下的词语，有时会爬到我伤病的膝盖上
在清明的细雨中，泣不成声。就像这条小河
把睡着的山绊倒，倒出了枝条体内全部的秘密
一切都这么突然，石头不再矜持
草颤栗着让孤峰移动起来，我们不知不觉
参与了一场暴动

之于未来的果实，盗火者不惧怕暗夜
最后的雪，在镜子面前献出了雨的初夜

2013-4-17

中秋

雁没有南飞，狗剩嫂的男人
从煤的暴脾气中被抬到村外的荒草地

一棵中年的苹果树，瞬间
陷进苍白的月色里。风倒吸着凉气

远坡上的玉米解着怀，眼珠子红着
岁月的刀不紧不慢地在流水中磨着

狗剩嫂擦干眼泪，对着土地跺两脚
“你还有几只老虎藏在袖中”

2013-7-30

温厚

七十年的风雨，将母亲
从一瓣明月，拿捏成一捧醒着的土
我们种豆得豆，挑肥拣瘦
还试着和雷电对抗，这一切
灵魂接着地气，风举起的鞭子
找不到可以旋转的落日
而一只瓷器的光芒
取决于泥土的温厚

2013-5-11

麻雀的浮躁

我眼看着深秋的骨骼就要坍塌
直到有风吹来，弯下腰的庄稼脱去最后一件衣服

而我的悲悯从现在开始，沿着父亲的汗水
往炉火里吹。折断翅膀也无法回到大地

那些乱石一样的麻雀，和秋风一起
陷进黄昏病入膏肓的胃里

就像一棵老树，在明月的慰藉中
说出麻雀的浮躁和北方临近冬天的心病

2013-10-3

像虚词掉进大海

五月过后，蜜蜂仍在花蕊里淘洗
甜蜜的事物。一些美空旷之后，孤僻，羞涩
充满明媚，堆积在阴暗里

风吹树叶，树叶在鼓掌
雨打泥土，泥土在翻身

而此刻，我在家乡的玉米地里
广袤的绿，没有停顿。像虚词掉进大海
让土质的胚胎，渐渐有了海的胸襟

2017-5-19

靠近春天就靠近了事物的源泉

在人间走一遍，群山是猛虎
在人间走十遍，流水是平安
在人间走百遍，青草是菩萨
在人间走千遍，南风是源泉

我们只能在人间走一段，且
行色匆忙，不知所踪。灵魂深处豢养的
猛兽，骄横无形，出门是众生
转身是诸侯。在靠近春天的当口
硬生生长出了翅膀，看似乌有的内容
却给了事物本身最恰当的注释

故乡

有籍贯
有门牌号
有依稀的乡音
有陌生的狗吠
有城市中的三流水泥路
有空荡荡的院落
有一两个生疏的旧友
有五六片母亲曾经洗白的云朵
……
这些只是故乡的元素
像时间蚀骨的锦灰
勉强维系着人间的味道

2017-10-31

蝉鸣

夏天被一只禅反复召唤。多余的
声音，让小院的一棵枣树动了感情

而母亲仍在伺弄着她的几棵豆角秧
决绝的蝉鸣溢出小院，像悔意漫过一个句子

时光清澈，蝉鸣的尽头
是母亲一只走丢了五年的小花狗

有时候，反复的事物
会打捞出一条迷失之途

2017-8-11

第五辑　诗外观涛

窗外

灰喜鹊也被风吹着，还有
一枝花抚摸石头的心事，台阶上
如此光鲜的尘埃

风吹什么，我就喜欢什么

2014-6-20

寺外听风

香樟树汹涌着旷世的欲望
白云腾干净了身子，山上的钟声
在香客的体内，化为去往天堂的阶梯

风吹过，流水折叠着自己
从寺顶越过的旧习惯，有着不可抵御的
崩溃，仿佛一段姻缘的旧骨架

2014-5-7

麻雀

不像落叶，有葱茏，也有
黄昏般临到尽头的无限

一年四季，总是老样子
它们，从不肯把内心的神谕
流放在尘埃之中

2014-5-1

疯狂

整个夏天，那些极端的雨
把长江和鸟鸣拆得七零八碎

伏案的诗人，逼着光线
松开黑夜的手脚

2014-7-28

望星空

我是自己的加冕者，也是人间的失败者
我甚至没有注意到群星也是陈腐的

光捅下来，万物有了利器和诺言
我更没有发现群星张了张甜蜜的嘴唇

“我们的光芒，只寄身于光芒之中
没有混沌般的尖叫，就没有内心的拂晓”

2015-7-8

观黄河

在鹳雀楼临风，九曲十八弯的暮色中
母亲的乳汁有着黄昏般的香气

帝国继续把黄沙奉为美色
那些缓慢的漩涡下，落日敞开了心扉

这时候，流水善良
仿佛油灯下昏暗的谣曲，指引着上帝的末日

2015-1-20

幸福

时光仍然是致命的，它来到尘世
放下了湖泊、森林和回家的脚步声

还有钻石和果实，阴影中短暂的虚无
以及一扇斑驳的透着微光的门

剩下的部分，在花朵和星辰中饱满
就像落日的苍茫下，弥漫着飞鸟的依恋

2015-1-8

拒绝

拒绝也是一门技艺。事件之中
有的交出一副骨架，有的交出一个死结

当暮色悄悄降临
有人准备了刀斧，有人伸出了翅膀

我手上只有微弱的灯光
陪伴身边的孤儿

2016-5-17

兑换

我把五谷兑换成词语
献给了大地，大地又给了我
许多荆棘和草

我把荆棘和草兑换成汗水
大地只给了我几许苍茫

和我内心囤积的那些
一模一样

2016-5-21

小夜曲

星星那么远，萤火虫把光
端到家乡小院的方桌上

人间的美好，有时候需要一点
刻意的靠拢，或者细微的照耀

就像故乡的今夜
苍茫的父母替代了星空

2016-4-23

祈祷词

请赐我一座空山
让我存放震裂、颓败和伤痕
赐我一滴眼泪
给大海一个归宿
赐我一个沉醉的夜晚
让爱堕落，让恨破碎
让世界痛哭流涕

2016-4-27

大地

一棵杨树上落着两只麻雀
一个男人心里装着三个女人

大地最累，它要让所有猎手
风尘仆仆，满载而归

2016-4-28

旷野

如果没有几只飞鸟经过
旷野是呆板的，甚至
像一个人的孤独，没有具体细节

2016-4-28

小镇萨克斯

小镇没有教堂，没有寺庙
也就没有内心的不安和喧嚣

那一晚，一个手提萨克斯的男人
在旷野，吹了一曲《故乡谣》

低缓的旋律中
经过小镇的风，明显比昨天苍老

2016-4-29

赞美

大地渐渐动了真情
万物荡而无羁

我经过屋檐时，萱草花正好开了
比赞美还艳

2016-4-29

朝暮间

雀鸟不知飞处
山河苍茫没有边落

有人见尘埃不是尘埃，借酒醉月
有人见星光不是星光，悲悯人间

2016-4-30

这一晚

一个人在长夜里，慢慢
弯曲下来。时光的隧道中
铁轨的方向取代不了一枚道钉的荣辱

以行云之静，闪电废弃了阴影
以危崖之快，流水疏远了雷霆

这一晚，风卷残月
心中的人，远如虚无

2016-3-14

今夜

清风十里，明月三杯
红粉中浅唱的人接近了栖霞寺

一株杨树，下太行，没有所求
满腹星斗，去长安，放弃重生

那些跳出火坑仍心存不甘的炊烟
必有不可言说的悲苦

2016-3-25

那么蓝，那么无动于衷

没过太行山，云朵就扛不住了
那么蓝的天，顶在头上
太行山也不自在

这天空那么蓝，万物又无动于衷
是世间慵常无味，还是，这蓝
本身就在对抗自己

2016-8-1

无所从

大风有时候就从内心吹来
像一个词放大了月光
与一个人的愁绪匹配

这是许多无所适从的时刻
它在我们身体里走动
却没有方向和足音，更没有
相遇故知的感动

像所有的以往
黄金并没有植入灯光照亮的事物
尘埃空无其主
谁来把生活的荣耀庇护

2016-9-17

心境

秋风回到枝头，不必有鸟
离愁蹲在眸中，无须月照

此刻，牛羊归圈
提灯的人，更倾向于孤单

像一列火车，带着爱的隐秘
经过那个被铁轨局限的夜晚

2016-9-19

纯银

朝代中冷艳的音韵
落魄为器皿、嫁妆和神龛上
游离的虚无

假若你捕捉到光的踪迹
同时也将看到金属的族谱

2016-9-21

月光颂

经过了大海、山林和火焰
唯有月光，在冷漠的夜晚
替我，为故土递上一张疗伤的处方

2016-9-21

松动

新的落日降临，夜晚
不会因为一盏灯的光芒而松动

一些词，另易其主
历史恒久的脉搏不会松动

尘埃掩面而起
寂寥如泥的星空不会松动

我们渺小
对生活的忍让和绝望不会松动

而明天，无限深处
醒着的灵魂，它坚守的底线会不会松动

2016-9-26

落叶之歌

为了给时间一个安慰
我像十月的蝴蝶，把翅膀给了白云
把灵魂留在拂晓的第一声鸟鸣里
余下的，回到死亡身边

2016-11-10

情歌

春天的高压线上
两只鸟儿在忘情地弹着肖邦
弹天空以远，弹春风以深

弹到星辰，夜晚伸长了脖子

2016-11-11

小悲伤

在去往工地的路上，我看到
一只受伤的鸽子，当我停下车来
小小的鸽子已被身后的一辆车
碾压过去

我看着风中抖动的羽毛
感到生命只是一场旅行丢下的遗物
一个穷孩子，走了那么远
在阳光下换回了——
无疾而终

2016-11-12

春风里

春风里有一盏灯熬着眼，一个人
在纸上追赶着马匹。一些树叶交谈着
飞鸟的高度就是自己的深渊

有脆弱的思念漂在水里，一弯瘦月
抱不住生活的重。一根救赎的草
从里到外都汹涌着波涛

有开往梦中的高铁，更辽阔的虚无
奔跑在深不见底的火焰里
一些尘埃，走着走着就不见了踪影

2012-4-17

从泥土到尘埃

从泥土到尘埃，就像从水到火焰
上帝抛弃的经文，我们在虚无中反复吟咏

没有尽头，只有失散的影子与上帝对话
万物的丑陋与魅惑深陷于黑夜的喉咙

泥土在泥土中消失，又在尘埃中重生
人类制造的翅膀，缺少了带血的骨头

多年以后，事物从流水回到火焰
就像内心的惶恐踩塌黑暗的梯子

伴随文字一路逃离的
是容易触摸而又渐渐堕落的生活

2012-7-3

相信

一只蝴蝶的骨头里，残留着花瓣的叹息
春天无法拯救，群星寒冷的眼神里
游荡者孤独的暴力，就像秋天的盛宴
带来的是四季中最寒凉的祭祀

这一切，我信。把一个陈旧的梦寄憩于一朵莲上
就有芳菲落水，时光惊醒并喊出疼痛的理由

2013-1-25

无名驿

是外省。是北风以北。是落叶的
骨血被打碎风干的伤心地，是一条河
亮剑自残的断头处。故乡被踢远
是月亮绝望的深渊，是一些田鼠奔丧途中的
祠堂。三十年前，一朵白云在此候车
是母亲第一次交出闪电，把如铁的大地
照出油灯的光芒

2015-11-7

流水也能归于平静

流水如吾心，浮云四两，星斗八千
澎湃亦日出亦黄昏，晴空万里在汉字中倾泻

流水在纸上，在天上，在目空一切的远方
这是一个清澈的晚上，流水在乳房上

若干年后，流水也能归于平静
穹顶之下，在一块石头平静的鼾声里

2015-3-31

自取其辱

有人在睡梦中磨刀，有人在自己的
身体里安放铁器，也有人把自己置于高处
接受风的谎言，他们无非与另一个自己
对峙。现在，我已从春天的后背上走下来
远离铁轨的诱惑，面对藤蔓上的每一扇窗口
我能做到的是，接受民间的香气和猛虎手中的
侧光，然后，在高处自取其辱

2014-4-30

颓败之美

你并不陌生那两只断翅的麻雀
他们像大风中的两枚羽毛，轻，且没有花瓣的前程
命运不转身，谷粒压弯阳光
汗水把时间摧毁的同时
也摧毁了人间残留的最后一点疼痛
而颓败之局，暗藏火焰以外的温暖
遍野彩云，遮蔽不了爱情的霓虹

2014-8-27

诗人

好多人拿着刀斧，逼迫诗歌交出黄金
或者锦瑟，甚至一只丢失了幼崽的猎豹
最后的藏身之地。更有人假装星探
引诱它写出性爱或者尖叫，并掺入星光和月色

有人直抵山顶，让洪水回归人性
有人用迷药甚至毒药，把亲情撂倒
厄运和耻辱，已是两扇涂了油漆的铁门
一座旧桥，早没有了诗的灵魂

云南的“屠夫”雷平阳预言——
“这些人
都是自首而且拒绝拯救，而且子弹
还没上身，他们已经一个不剩地死去”

2014-4-7

夜幕下

我从白天来，也有阴暗的事物爬上梯子
流水中的撕咬声，暗示着怨恨的风翻阅着陌生的遭遇

心灵憔悴，我从经卷中订阅了灯盏
但我无法知晓，虔诚膜拜的神灵是否关闭了心扉

夜幕下的事物总是提心吊胆，像嘤嘤的哭声
把一场雪，深浅不一地丢在故乡的房顶

2014-2-15

愧对春天

我一直隐藏在自己的身后，等待人群
脱离险境，绕过最后一个路口，抵达故乡

我一直站在山顶，劝诫内心卫冕的王
置于孤峰，逼退虚狂的刀斧，以免血洗残阳

我一直愧对春天，桃花开怀，红杏越墙
命运给过我黄金，我却没有兑付成陌上花开

2014-3-10

当祈祷无处安身

当祈祷无处安身，就像精神在云端之上
往下看，一片空茫连着另一片空茫

或者是，看上去一汪灵动的水潭
藏着大海另一半阴暗

当祈祷无处安身，整个晚上
普救寺的钟声，把黑暗从东山诵读到天边

2014-3-11

低头

我已向时间低头。四十年风雨飘摇
在多舛的命运里，我已丢失了打开彩虹的钥匙

我已向时代低头。现实拒绝梦想
风花雪月的诗句，养不活一粒米的向往

我已向自己低头。在最后的岁月里
还要坚持把墓碑建造在脆弱的汉字中

2013-7-14

拒绝

“人性的花园还未洞开，你就要拒绝绽放”
“是的，一切贪婪终将收获颓败”

落日奢华。它拒绝交出岁月的密码
它的长衣锦绣只能在暗夜燃烧成灰烬

而天空拒绝了巫术，春天的火车
在渐行渐远的归途中，喊出了最后的呜咽

2013-7-14

假肢

生活中处处有不露锋芒的硬器。清风里的暧昧
云彩中密集的诡异，皮肉下靠侥幸支撑的猥琐
还有一只麻雀机敏地躲过了弹粒的重新命名
更有虚假错位的暗伤。就像一次意外的车祸
无辜者连命都碎在牙齿里了，肇事的主
隆胸，染发，装假肢。云里雾里，东山再起
最恨这个过程，在暗箱里操作，有私设的密码
无辜者理所当然地失去了知情的机会
最后，我们看不到假肢，一张道貌岸然的皮
在山林里若隐若现地出没，偶尔还有逼真的斑纹
悬挂在时光的额头，让一棵草心生胆寒

2013-5-14

祈祷

“交出心中的罪恶吧！风雨欲来”
一只山鹰对着惊慌失措的兔子，收拢了翅膀

“朋友请息怒，闪电碎裂的只是色彩”
天空看着顿悟的大鸟，点燃了群星的激情

“主啊，诗歌在饥饿中歌唱，放过那群潦倒的人吧”
在语言的挟持下，我和主第一次邂逅

2013-7-18

纸上的掌声

一枝郁金香开在虚无中
众神离开，一张纸大气安宁

郁金香的光艳，穿透夜
冷寂的词，正在挥霍时光中不多的盐

一张纸，迎合着花瓣之外的伤疤
众神留下的钻石，在纸上破碎

而纸上的掌声
最后卸下了郁金香的内衣

2013-1-9

春天

时间被荒芜挟持
万物在神面前祈祷着谅解之词

“去吧，孩子们
大地钟爱每一粒汗水”

繁华终将呈现
如春风一夜，河流肆意辽阔

2013-1-11

相遇

秋天被凉风吹落
灰喜鹊叫醒了寺庙屋顶的薄霜
一片剃度过的树林
隐藏着禅宗的高深

就像迷茫的石头
遇见孤独的流水

2013-9-23

与一场雨握手言和

在洪水中，万物蒙羞
抱残守缺的乌鸦，丢弃了最后的骨头

生活劫持了倒塌的家园
流浪的灵魂期待一片春色

被冷落的时间里，与一场雨握手言和
或许我们会听到钢铁以外的叫声

2013-9-24

不等于

我不能把春天的一角给你看，那里有龌龊的交易
红颜萌动，指鹿为马的人有着落日的悖论

你可以自由倾泻，但你无法删除一滴水的痕迹
就像融化伤口的力量无法焊接内心的缝隙

我怂恿树木记下时光的密码，不等于
你可以随心所欲地从我的内心搬走一切风暴

2013-1-26

修辞学

已是正午，要学会自己和自己握手
相见欢，不见也要小窃喜。时光虚设罪名
你把刀吞进自己肚里仍难逃釜底抽薪的结局
最好是含着热泪微笑，躲进梦中虚惊

也许，点灯的人掌控着更大的黑暗
锦衣夜行，春天的忧伤无法命名

2013-1-26

香无形

在风中打磨的江山，一半古意绚烂
一半落日苍茫。虫虎游走，花木无心
流水中打坐的石头，心境澄明
而炊烟难眠，八百里太行渐次旧了
出卖灵魂的碑，有着本质的黄昏

那座穿长衫的古钟，在破旧的寺院里
滴着桃花日暮下的眼泪

2013-5-13

味道

时光里住满了争吵和觊觎
梨花献出了翅膀，夕阳下的小窝
爬满了期待和憧憬。隔岸的露水
藏着匕首和水果。一个国家和另一个国家
在迷茫的雾霾中，已忘掉了腥味的鱼
还需要水的保鲜剂

2013-5-13

与黄河对饮，胸有惊涛

把时间当作巫师，小脚的大槐树
有着荡气回肠的感叹

楼阁高远，经卷只发芽不结果
泥沙俱下时，羊皮筏子有着空茫的冥思

就用月色洗尽流水，浪子回头
一只飞燕追丢了酒杯

与黄河对饮，胸有惊涛
风的心跳越过了龙门

2013-6-15

谁找到了虚无的支点

我们装在四季的套子里，看它的脸色变换心情
在时间的长河里，多少人挨着耳光，苦笑着啜饮

这人间的围城，罩在天空的帷幔下
没有透明的窗户，只有细小的窄门检阅着欲望的体型

就像虚无中的支点，撬起的是虚无中的虚无
看不到一粒盐的行踪

2013-6-21

在时光低处

现在，时光已丢弃锋芒
像秋后的向日葵，灵魂就要沉入大地的书卷

我们敛起翅膀，要走到时间的尽头
亲人们失散了，上帝忘记回家的门牌

这一切，从石头敲击生活的回声中
我们看到了皱纹深处的盐，散发着尖锐的光

在时光低处，与我们相守的岁月相比
一切风雨和雷霆都是多余的部分

2013-10-1

自画像

好吧，从我黑发中夹杂的雪花说起
威猛的王，能在几丛瓦砾中看到落叶的汹涌

中间的额头是一片荒芜，没有哲学与美姿
留给世人最大的广场，却没有一只自由的飞鸽

那就继续向下，一蓬草甸
掩映着智慧的迷茫，独尊的山岚尽显苍茫

最后让语言把嘴巴封好，这一生
诗歌只是我解开又无法扣上的纽扣

2013-10-6

疼痛的修补

（跋）

一

在暗夜深处，我期待一盏神灯的朗照。尽管神灯只是一个闪亮的喻体。

我无法超越那些春天的疼痛和秋天的颓败，无法忘却那些在风雨中露怯的眼神和最初的美好期许。

尽管长夜如伤，也要承担起现实的盐。我不能忘却这种疼痛和固守我灵魂的愿望。

对于诗歌的柔弱与无畏，我只有置身其中去面对洗礼般禅语的午夜，在午夜的深处，去唤醒那片温热的净土和那些青青的草地以及那花前月下的低语。这永恒沉默的部分，多像一片传说中的圣地，成为我灵魂生活的旧地，有血迹和泪水，也有诗歌与舞蹈。

我的思想，成为壁画，在其上舞蹈的是花朵的偏见和春风的无行。我最初的灵魂之爱已陷入灯盏的悲悯。

我知道任何深入骨髓的伤口都是难以修补的，像诗歌永远栖居在可悲的信念之上。但我仍然走在猛虎必经的路上，我要看到微弱的光芒慢慢溢出暗夜的额头。

二

是啊，“伪现代”和“伪诗歌”如此缓慢地经过暗夜。我不知道疲惫的隐喻在宿命的阴霾里，还能坚持多久?

时光是一位临风而泣的老猎手，他要将尘世的词语从沧桑的岁月遣返，而我们的思想首先要遭到质疑。

这是怎样的一种悲怆呀：博爱和沉思一直就在智慧或生命体内喧嚣，从没有忘记带给我们光明的启示。

然而，一瓣雪花的轻，就能承载我的弱小；一线细水的浅，就能淹没我的生命。

我无法拒绝，亦无从修正。

三

就让我在忧伤的时光中，奔流的草叶里搭一个巢，以仅有的一生恪守孤寂。尽管盛装的青春已成为时间的陪葬。

就让我在干净的词与词之间吟唱，哪怕没有风聆听，没有月守望，没有琼浆为我疗伤。

就像虚词掉进大海……

四

心灵的一切自由舒卷，都无法停下来。哪怕万物的引力。“我是自己的加冕者/也是人间的失败者/我甚至没有注意到群星也是陈腐的/光捅下来，万物有了利器和诺言/我更没有发现群星张了张甜蜜的嘴唇/我们的光芒，只寄身于光芒之中/没有混沌般的尖叫，就没有内心的拂晓”。

时光的阴影已退居空净之隅。我期待走过深渊与哲学，再走过静穆与重叠，然后到达闪电前的空寂。

云深无月，水浅非静。

五

黑夜即将消逝。天地的琴键就要赴约。

我将以最初的温度，牵念灵魂深处的四季，聆听岁月的雨滴穿透生命的声音，让诗歌走出修辞的假象。

黑暗中的符号不再开口，它无形的深渊正是它的本质。

当暗夜被灯盏修补，诗歌的恒定在于它的颤栗。

作者　王志彦

读者小语

王志彦的诗写，着力于艺术探索，带有某种现代色彩。意象破碎、简隽，用词生而不僻且拼接跨度大，时有哲理火花的迸溅。多为短什，却意味遥深。

——苗雨时

志彦的诗，极具质感，空灵而精致，诗意开阔而意境深邃。语言的陌生感掌控得恰到好处，总在不经意间给读者以诗意的惊喜。一波三折的跳跃，极具内在张力，是一种合乎逻辑的诡异与绮丽。如橄榄在口，余韵十足。诗中不乏人文主义关怀，悲悯之心可触、可感，使作品更具深远意义。

——琴心浅醉

王志彦的诗歌是人文主义者和理想主义者的悲歌。心怀天下，却以很小的切入口来展现，并拓出了深度与厚度，语言如刀锋一样，闪着寒光。

——邓迪思

王志彦的诗歌流畅中富含隐秘，精短中藏着叛逆，语言干净，情感饱满，容易搅起来内心的波澜。

——吴海斌

王志彦的诗，诡异，蹊跷，又饱含哲理和悖论。

——邢昊

王志彦的诗歌不仅取材广泛，内容丰富，风格朴实大气，语言曼妙新颖，而且，总是化腐朽为神奇，随便什么静止的、动态的物象一旦进入诗歌，就变成意蕴绵长，美不胜收的意象。

——杨平